一張車票

陳明克——著

推薦序
一張往美麗詩境的車票

方耀乾

國立台中教育大學台語系前特聘教授兼系主任

　　明克兄欲出版第二本台語詩集，我真歡喜，特別欲共伊恭喜。明克兄是國立清華大學物理系博士，現此時已經自國立中興大學物理系教授退休。伊的創作文類以詩為主，兼創作小說。以早主要以華語創作，出版著有《地面》、《歲月》、《天使之舞》、《暗路》、《掙來的春天》、《海芋都是妳》、《詩帶著陽光》等詩集。近年，伊開始專注台語詩的創作。伊的第一本台語詩集《茫霧中ê火車》佇2022出版，這馬閣欲出版伊的第二本台語詩集《一張車票》，跤手實在真猛，愛共伊拍噗仔。

　　《一張車票》這本詩集總共收入85首台語詩，創作期間對2021到2025年，大約有四冬。按照內容和詩風來分有四輯。題材有即景、草木、動物、小人物生活、瘟疫、戰爭、政治、政治受難等輯。詩的主題包含日常、旅行、登山所見花草樹木景物，因感悟昇華，以及對生活中、歷史中對人生的深刻的感觸，抑是粹煉出來的哲理。這本詩集的題材真闊、豐富，顯示出明克兄對生活和社會深深的關照。

　　有關詩風部分：有即物短詩，若利刀直取要害的詩作，譬如〈翼〉等；有抒情思辯，搜揣意象的新意，採取物象、人事的意義，釀造哲理的詩作，譬如〈予水流去的葉仔〉、〈蔥頭〉，

〈人〉,〈我是啥人〉,〈欲暗矣〉等;有結合敘事風格和抒情風格,以魔幻寫實抑是奇幻風格,對人性、歷史、環境的深思反省的詩作,譬如〈一張車票〉、〈日誌簿仔〉、〈伊咧揣啥〉等。

　　總講一句,明克兒的抒情詩文字看起來平易近人,風格平實,毋過定定有予人料想袂到的意象和哲思咧閃爍;伊的敘事詩有真厚的故事性和對人性、歷史、環境的反思。這本詩集是近年來值得注目的好作品。

2025.05.26,台南永康

推薦序
風花雪月之後的社會寫實與小品敘事

林央敏

在大約四十多年前的一九八〇年代初葉,個人經由多方閱讀與獨自思考後,很快地,我發現自己原本擁抱的那種緣於被長期栽種以致深植心坎的中國情懷及中國人意識變得空洞又虛幻起來,取而代之的是一種生於斯、長於斯而應愛於斯、也願葬於斯的本土情懷與台灣人意識。這時在文學創作方面,我知覺到台灣本土語言受到長期壓抑與嚴重摧殘,因此開始嘗試以台語寫詩、寫散文,我認為台語寫作有助於破除台灣人被外來殖民統治與語言壓迫所造成的文化自卑感,而且在心理上可以恢復台灣人的自信與尊嚴。這種醒悟的感覺日漸強烈,所以台語寫作的想望也就益加迫切,幸賴這股熱誠,讓我得以克服台灣人被禁絕台語文教育和學習台語寫作的諸多困境,終於我可以直接以台語思考、寫作,於是乎我的台語作品就越來越多了。

當時我認為台灣的學校教育應該恢復日治時代曾經施行的台語課(日治時期稱為漢文科,以平假名為課文標注台語音來教學台語),而台灣文學家也應有能力使用台語創作文學的主張也開始萌芽、成長。不久,又與數名熟識的作家如詩人黃勁連、小說家宋澤萊、散文家林雙不(原筆名碧竹)、出版家林文欽……等人密切往來談心,發現這些出身於嘉南平原的作家朋友原來都有志一同於提倡或贊成母語復健與台語寫作,於是大約最慢到

一九八七年，台語寫作的呼聲與實踐成為一場後來被喻稱為「文學革命」的文學運動，接著我開始大力建構台語文學的理論，並且更積極的投身台語文學運動。

在我往後從事台語文學運動及本土語言復興運動期間，常寫文章或在演說中呼籲台灣人鄉親支持這個台灣人的文藝復興，希望看到更多人來參與，其中也盼望更多文壇老將能加入台語寫作的行列，即使只是嘗試性的、「插花仔」式的寫些台語作品，也能豐富台語文學的數量和質量，並增加台語文學運動的力量。稍後確實有越來越多的人士及原本只以中文創作的作家，受到台語文學運動的感染而陸續加入台語寫作的行伍，也許是小品詩很短，文字篇章比較容易掌握和完成，所以這些有心跨越語言的作家以詩人最多，陳明克先生便是其中很勤奮的一位，特別是他有不少詩作，在風格、內容和表現手路這方面相異於多數小品詩人，他的這類詩往往或明或隱的含有敘事情節，這一點尤其令我感到可貴。

《一張車票》是陳明克的第13本小品詩的別集，也是他的第2本台語詩集，全書分四輯共收錄八十五首詩。前兩輯，大體上都以所謂風花雪月、雲霞雨露、草木禽獸之屬為主的寫物詠懷的袖珍型小詩，但陳明克寫的風花雪月之物只是將之當做媒介，藉以映射作者的真實主題，意即暗含弦外之音，比如他會以插在花瓶的花朵之開謝來表現時間的流逝及愛花如痴的情態、以花朵的凋萎來諷諭瘟疫的肆虐……等等。因之，這類小品詩，陳明克慣用擬人法讓這類物品變成有思想、有情意的生命體，作者也透過對這些物件的微觀而將靜物動態化，詩句雖短卻有細節呈現，其中部分小詩讀來頗具童趣，彷彿大人版的囝仔詩。

詠物、抒感是幾乎所有詩人都會有的絕句式小品，筆者就不

多費筆墨。倒是我前面說，陳明克有一類詩很特別，這類詩並非純屬抒情詩，而像是一種微型敘事詩，在寫人詠史或寫物抒感之間，會有情節動作。大約十年前吧，他的這種詩風開始讓我留下深刻印象，比如他有一首詩叫〈窗仔門〉，茲因這首詩並未收錄在這本詩集裡，因此為了讓讀者品賞並了解他的這類特異詩風，容筆者將它全文照錄如下：

1、
趕緊換衫趕欲上班的我
看拄開的茉莉花
一隻尾蝶仔按花蕊
飛落去花坩
我行到窗仔門邊
伊若棉紗的跤佇坩仔墘
行踏　身軀敨來敨去
看啥看甲神神？翅敨一下
險險仔跋落去塗跤

我煞恬恬仔看
尾蝶爬轉來花坩頂面

2、
吳仔也定定坐佇邊仔
頭敨敨看阮相諍
伊目睭無神　毋知人佇佗？

一張車票

阮定定吵啥物款製程上好
彼和獎金、月給有關
經理煩甲攑雷射筆起來指
銀幕頂面數字膏膏纏
青紅光走相逐　揣無路

經理細聲叫吳仔
「你看，按怎較好？」
吳仔定定親像按遙遠的所在
雄雄轉來　目睭金起來
亂操操的數字佇伊目睭內排隊

我起先看伊無
尾仔向望伊緊轉來

3、
走廊內日頭光愈來愈暗
吳仔果然閣倚佇窗仔門邊
若親像綴袂著日頭的烏影

「董仔揣你　唸經理講
毋盡心盡力作工課
欲按怎生存？」

吳仔共我的肩胛頭揀一下
伊叫我看城內雺霧罩牢的大樓

推薦序

看日頭欲沉落去的所在

彼一片金鑠鑠的所在是海？
行徙的烏點是船？
欲靠岸抑是欲出港？

日頭煏開　佇海面散糊糊
伊行向電梯　越頭詏我
「你按佗坐船來？欲去佗？」

4、
尾蝶仔半截身軀探出去看啥
我敢若看到吳仔探頭出去
伊雄雄按窗仔落入去霧霧

霧霧內面一隻尾蝶仔飛出來
尾蝶仔佇花蕊踅來踅去
我叫是彼是吳仔
我瞠力揀開窗仔　雄雄
衝出去　尾蝶仔颺颺飛
我聽著董仔佇罵人

　　我最初讀到這首詩時，並不知道作者是誰，因為它是當年應徵台南文學獎的作品之一，當這首詩獲獎後，我為它寫了一則簡短的評審感言，我說（台文）：〈窗仔門〉這首誠特別，是這屆

所有參選的台語詩內面較明顯有敘事性情節的詩，嘛是這屆得獎作品內面唯一無用歷史抑歷史人物做題材的詩。這種有情節故事的小品詩自古以來就是漢語文學（含華、粵、台、閩、客……等語言的文學）的稀品，主要原因是：欲敘述情節、佫欲塑造有詩質的文句足困難，所以古今詩人多數干單願意寫抒情詩、哲理詩、即物詩、描景詩、地誌詩、歌謠詩、詠史詩等等無故事嘛無情節的小品，攏較無愛寫、嘛較無法度寫史詩（epic）、敘事詩（故事詩）。這首雖然抑袂當叫做故事詩，但明顯有事件、情節佇進行，我加這種詩叫做「微型小說詩」或「細型記事詩」。

這首〈窗仔門〉用隱藏作者「我」的目睭來描寫一个叫做「吳仔」的同事，這位吳仔是一个有內涵、有原則、袂虛花、袂隨便佮世俗滾絞的人，但這種性格的人也歹置社會生存，最後行向自殺。這首詩的句讀嘛真媠，對人物、景緻佮動作的描寫攏真幼路佮形象化，用尾蝶仔暗示主角吳仔的間接式映襯誠成功。較可惜的所在是，作者無將造成吳仔自殺（跳樓）的心理佮外在衝突點刻劃較濟、較明咧，致使詩（以及予讀者）的強度有稍寡弱去。當主辦單位台南市政府文化局正式公佈決審結果時，我並未去注意得獎作品與得獎人的消息，是後來這首詩發表在《台文戰線》，我才知道作者就是陳明克而為他感到格外欣慰，因為我覺得台灣文壇需要有更多這種內容較豐富的「小說詩」。

此後，陳明克寫了更多小說詩，而且內容更加趨向以歷史諷喻、政治批判、時事反映、諷刺侵略、文學寂寞等等社會寫實的主題與風格，這類小說詩主要集中在本書的後半部（尤其第四輯），構成本書篇幅最多、份量最重的主要部分。筆者原本打算試舉其中一首來簡析並稍為比較一下作者呈現事件之手法的沿襲與轉變，無奈篇幅字數已超出預定甚多，幸好，收錄在後二輯的

這類具敘事詩雛型的小說詩的語言都比前二輯的小詩淺白,句子也較散文化,讀者在閱讀時稍加留意,應該不難理解作者的題旨,本文就不贅述了。

2025.05.18
完稿於尖石山谷

一張車票

目次

推薦序　一張往美麗詩境的車票／方耀乾　　3
推薦序　風花雪月之後的社會寫實與小品敘事／林央敏　　5

輯一

翼	18
大寒	19
雨	20
春天佇佗	21
花蕊內面	22
時間	23
向望	25
黃昏	26
趕緊開花	27
櫻花	28
花欲落	29
鉼花	30
毋著時	31
伊	32
花矸	33
翼	34

走揣	36
siáng的聲	37
流星	38
咧講啥	39

輯二

月娘誠圓	42
剷草	44
予水流去的葉仔	45
烏日吊橋邊的晚霞	46
蝶仔花	48
中秋	49
庄跤的老人	51
十四暝的月娘	53
佇駁坎的光	55
假的	57
天咧欲光矣	59

春天	60	**輯三**		
水避仔	61			
水池內的天	63	花的惜別	88	
露螺佮花	64	蔥頭	90	
落雨	65	厝	92	
花園	66	亞里斯多德的鴨仔	94	
恬恬看詩	67	Peh懸懸的人	96	
月圓	69	予人關起來的詩	98	
永遠	70	坦橫行	100	
恬恬的橋	71	搶劫春天	102	
桃米坑溪	72	綴風飛	104	
斑鴿	74	布條	106	
彼个人	75	人	108	
得救	76	啥人咧揤電鈴	110	
彼扇門	77	弄尪仔的人	113	
日鬚	79	跙上頂懸的人	115	
紅鷹	81	春天的田	117	
刺球	83	日頭咧欲出來矣	119	
駁坎下跤	84	高麗菜飯	121	
		透早的祈禱	124	
		我是啥人	126	
		戰爭	128	

闊活	130
欲暗矣	131
蛇蚗	134

輯四

災瘟的戰爭	138
魔鬼的聲	141
疪	145
日誌簿仔	150
底時照著我	156
布袋戲尪仔	164
我參A.I.	168
一張車票	174
伊咧揣啥	179
大地動	185
隘勇	188
騙人的春天	190
跤跡	192

一張車票

輯一

一張車票

翼

彼个人發翼矣

毋過干焦翼飛起來
伊戇戇啊看

大寒

枯焦的草仔雄雄著一驚
一片花瓣落落去
伊上尾賰的一枝骨仔

《台文戰線》065期　2022/1

一張車票

雨

落雨聲滬滬講
花終其尾落落來矣

雨是按怎誘拐花？

《台文戰線》065期　2022/1

輯一

春天佇佗

金金看櫻樹凋枝
春天會按佗出來？

啊！戰機按花莓迸出來

《台文戰線》065期　2022/1

一張車票

花蕊內面

佇花蕊飛啊飛
尾蝶突然懶矣

啊！遮敢毋是天堂？

《台文戰線》065期　2022/1

輯一

時間

時間慢慢爬出來
按蓋無鎖絚的矸仔

伊躊躇行向
花欉頂的花蕾
花一蕊一蕊
相爭開

伊好玄　發光
一步一步倚近花
花大開

伊那走那跳過去
想欲共花攬牢
花煞懶懶　頕落去

伊擋袂牢跤步
花蔫去

一張車票

伊欲去佗？
直直走
直直喝:「毋是我」

唉！是啥人
撬開矸仔蓋？
閣共矸仔藏去佗？

《台文戰線》065期　2022/1

向望

矊矊看天邊的雲
直直講未來的
油桐花落落去矣

《台文戰線》066期　2022/4

一張車票

黃昏

天暗矣花才開
尾蝶煞飛袂起來

傷慢來的愛情

《台文戰線》066期　2022/4

輯一

趕緊開花

挽油菜的人
撥開開花的菜欉

敢無聽著伊佇喝？
「較緊咧！緊開花！」

《台文戰線》066期　2022/4

一張車票

櫻花

閣一个人騎鐵馬來
伊的影若綴風
雄雄飛過
啥物嘛毋肯看

櫻花猶是一蕊一蕊開
一直到規欉樹仔
開甲滿滿

《台文戰線》066期　2022/4

花欲落

大開的梅花
是按怎無歡喜
大聲叫出來?

恬恬咧等
煩惱無聽著
彼一人雄雄行過來

行倚矣?
花趕緊欲落落
欲飛向彼一人

花落落去矣

是風微微仔
行來哪

《台文戰線》066期　2022/4

一張車票

鈃花

我抾油桐花
欲鈃踮伊耳仔垺

「莫！莫拆散個兩个」

《台文戰線》067期　2022/7

毋著時

彼蕊油桐花
是舊年袂赴開的

綴風亂飛欲揣siáng？

《台文戰線》067期　2022/7

一張車票

伊

伊目睭若星
反光微笑行過來

是油桐花落向我?

《台文戰線》067期　2022/7

花矸

插佇花矸
大開的田樨花
花瓣合起來矣

佇花矸內面
個也知是暗暝？

透早拄出來的日頭
照著花矸

一蕊花閣褫開
伊相信
是日頭會記得伊
刁工為伊來

毋過邊仔彼蕊
蔫去矣
日頭哪嘛照著伊？

《台文戰線》067期　2022/7

一張車票

翼

橋頂彼對
攑懸懸的翼
猶佇等
翼外口黃昏的日頭
走入去?

日頭若落入去
彼對翼內面
伊就會醒過來
就會撲翼
飛向天頂去

「幾工前日頭
敢毋是落佇遐?」

著!伊干焦
揤走媠的好的
共咱遮毋好的
留落來

「毋著!
翼予日頭燒甲
干焦賰骨頭」

註:台中市尾蝶仔橋(蝴蝶橋)

《台文戰線》067期　2022/7

一張車票

走揣

恬寂寂的水面
飛來一隻田嬰
一直踅圓箍仔

雄雄幹對
按水底飛出來的伊

干焦
一蕊油桐花
落落去水

《臺江臺語文學》43期　2022/8

輯一

siáng的聲

等規暝
尾仔才聽著

毋知是伊
抑是花的聲

雄雄天光
窗仔口雨水珠仔
佇花瓣咧欲
輾落去

2024/9/8
《台文戰線》079期　2025/7

一張車票

流星

伊是按怎棯棯咧看
閃爍的天星？

按遙遠的時空
天星認出是他
閃閃爍爍
咧叫伊？

流星走向伊
愈飛愈緊
火著起來
愈來愈大葩
焰甲伊光映映

伊啥物嘛袂當做
　雄雄閣暗落來
伊嘛毋知影天星
是毋是為伊來？

2024/9/11
《笠》368期　2025/8

咧講啥

風恬去矣
花猶輕輕仔搖

定著是咧講啥

哪雄雄落落去
我猶未聽斟酌

2024/10/19
《台文戰線》077期　2025/1

一張車票

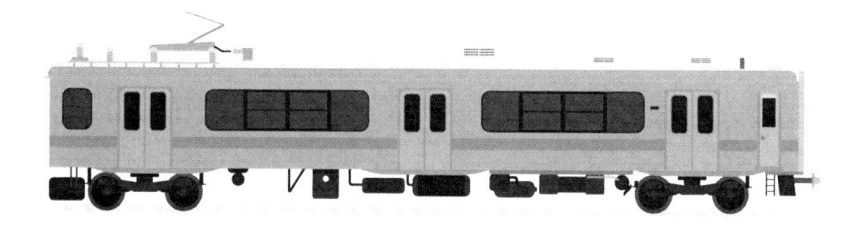

輯二

一張車票

月娘誠圓

外口一大陣囡仔
若厝鳥仔佇叫
喝講：「月娘誠圓！緊來看！」
哪遮爾像
我囡仔時陣的迌迌伴

厝尾頂
一大片雲趨趨
將半月天崁起來
月娘按雲內面
欲跳出來

彼陣囡仔咧？
月光炤進來
空閬閬的巷仔

原來月娘會將
為伊喝的聲
收起來囥

《臺江臺語文學》43期　2022/8

剷草

佇闊莽莽的草埔
彼个人毋是當咧剷
落雨後抽懸的野草?
伊剷去佗?

剷草聲
目睭仔近
目睭仔遠

天頂底時藍甲
遐爾通光?

哇!伊行入去天頂
剷烏雲?

予水流去的葉仔

落落水的葉仔
浮浮沉沉
綴溪水直直流

伊身軀邊的葉仔
啥物時陣
予水流偷偷換走矣？

伊流入去
溪仔埒的水窟仔
遐，水恬去矣
敆按葉仔邊
若像流向葉仔

若水咧流的時間
也會按呢？

《台文戰線》071期　2023/7

一張車票

烏日吊橋邊的晚霞

欲暗仔的時陣
麻園頭溪沉落去烏暗
干焦賰烏日吊橋
光纖光起來

按岸邊過去
古早時陣是
一區接一區的黃麻
看無橋佇佗？
彼時陣的做穡人
欲按怎過溪
轉去厝？

天頂暗漠漠
晚霞按正手頂面
勻勻仔光起來
趨趨行落來溪邊
停踮吊橋入口
咧等啥物？

古早時陣晚霞
敢是按呢
等待做穡人？
欲綴過橋
轉去厝？

《臺江臺語文學》47期　2023/8

一張車票

蝶仔花

暗暝水池仔邊
一蕊蝶仔花
緊欲開

叫是啥人咧叫伊

敢是一隻鵝仔
一聲一聲咧叫伊？

看著花欉的水影
泅向花欉跤
目睭仔覕起來
目睭仔出來的月娘

註：蝶仔花：野薑花。

輯二

中秋

一排兩層樓仔
干焦賰一个窗仔口
電火猶光光

伊咧等啥?
毋知影月娘
恬恬倚近簾簷
聽伊祈禱

趕緊講出願望
月娘咧欲走矣

彼年我拗的飛行機
飛去佗?
大樓底時徛起來?
彼排兩層樓
彼个窗仔門咧?

月娘底時
跔起去大樓頂懸
遠遠盤過二樓

輯二

庄跤的老人

這條狹閣彎彎斡斡
懸懸低低的路
空閬閬
干焦阮這台社區巴士
咧走

車頂攏是老人
有一个老人講
孫仔愛野草野花
伊自按呢毋捌割草

巴士閣停佇
孤單稀微的老厝頭前
彼个老人勻勻仔落車
頭巾密䀹䀹的外勞
捾菜籃仔趕緊綴牢咧

目一䁷我越頭
干焦看著
彼間厝四周圍

一張車票

花開甲滿滿是
若囡仔傱來傱去

毋知影歡喜
啥人轉來？

輯二

十四暝的月娘

十四暝的月娘
一出來
就等人圍過來
看甲失神
毋過四箍輾轉
恬寂寂

伊頕低看水池仔
一遍閣一遍梳妝打扮

啊！佗的光
雄雄醒起來？
按雲霧內面
若花大開
伊由迌走出來

唉!是伊看水池仔
看甲神神　粉盒仔落落去
水池仔霧光出來

2023/11/16
《台文戰線》073期　2024/1

輯二

佇駁坎的光

葉仔佮意
直直
落落佇駁坎跤
因為上蓋近?

哪有可能跙轉去
駁坎頂的樹仔
閣再發轉去?

個金金相
一逝一逝
佇駁坎的光

幾个老人行甲兗矣
徛佇落落來的
葉仔內面
若看甲神神
閣較親像恬恬
排隊咧等

一張車票

光會揣葉仔
佮佃做夥起去？

註：佇仁山植物園

2023/7/16
《台文戰線》073期　2024/1

輯二

假的

毋知影家己
是人做的
假的

袂當飛的白田嬰
毋知等偌久
一隻紅田嬰才
飛過來

只要輕輕共伊噯一下
伊就會醒過來
飛起來

伊著狂
急咧祈禱

紅田嬰無聽著？
伊欲飛去佗？

2022/10/21
《台文戰線》073期　2024/1

天咧欲光矣

油菜花規暝毋睏
咧等待啥?
烏暗敢無盡尾?

下月眉雄雄跳出來

油菜花聲抑低低
叫醒伊的兄弟仔伴

「哪猶遮暗?」

「日頭綴佇月娘後壁
連鞭欲出來矣」

伊的兄弟仔伴
隨閣睏去

《台文戰線》074期　2024/4

一張車票

春天

櫻花的春天
哪遮短

春天咧無閒啥貨?
閣袂堪得煩
跳過來跳過去

跳去另外
一欉樹仔矣
花閣開甲滿滿滿

春天啊

《台文戰線》075期　2024/7

水避仔

一隻水避仔
雄雄藏水沫
干焦睹水泡
浮佇水面

雄雄鑽出水面
附近一隻水避仔
驚一趒
越頭看一下

趁彼隻水避仔
煬氣越頭
毋知金金看啥？

伊緊氣搣水
倯向彼隻水避仔

彼隻水避仔
閣雄雄
變做一粒閣一粒水泡

一張車票

「你永遠無法度知影
我是啥人？你是啥人？」

伊無張持趒一下
醒過來　袂記得
拄才仔夢見啥

《台文戰線》075期　2024/7

輯二

水池內的天

落落水池的櫻花
愈來愈濟唊唊做夥
佩咧等待
閣再落落去
就是天頂矣

拄發穎的葉仔
佇樹枝直直看
櫻花哪無去？
雄雄狂狂走去佗？

幼葉仔毋信
風講的
水內面的天才是真的

《台文戰線》076期　2024/10

一張車票

露螺佮花

我跍落去
斟酌看紅丹花
一隻露螺過來
花下跤

露螺煞毌振動矣
花瓣雄雄落落
落佇露螺尻脊骿

露螺按非洲來
花對佗來？

露螺閣慢慢仔跙
揹花欲去佗？

註：佇八卦山

2024/8/29
《台文戰線》077期　2025/1

落雨

暗頭仔雄雄落雨

雨涵涵滴
咧咻啥？

遐規逝
是閃爍的天星？
挂佇電火線

碏碏問：「雨攏走去佗？
塗跤有啥物？
叫阮綴佇落來」

2024/9/6
《台文戰線》077期　2025/1

一張車票

花園

一隻尾蝶仔
　神上疼惜的
蹛佇
神為伊起的花園

伊逐工
歡歡喜喜颺颺飛

有一工
雄雄流目屎
花是按怎攏
干焦開一工？

神看著伊咧哭
干焦吐大氣
無問伊：「啥人誕你？
你看著啥物？」

2024/9/9
《臺江臺語文學》53期　2025/3

輯二

恬恬看詩

透早的日頭
按樹葉仔縫落落
　伊恬恬看我的詩
日頭光勻勻仔徙
欲徙去
伊若溪水
軟蹴蹴的頭毛

我覕佇樹仔後
恬恬等伊出聲
輕輕仔吐氣
唸我的詩

風微微仔
一片葉仔落向
伊的頭毛
伊喙脣微微仔振動
欲唸詩矣

一張車票

我閣再雄雄醒過來
窗仔布綴風
颺來颺去

2024/8/31
《臺江臺語文學》53期　2025/3

月圓

雄雄看著月娘
一暝一暝
目睭那展那大蕊
毋知咧看啥？

是無揣著彼个人？
目睭愈來愈細蕊
瞌起來啊

無張持閣看著伊
底時展開目睭
彼个人咧叫伊？

唉！較大聲咧！

2024/9/20
《台文戰線》079期　2025/7

一張車票

永遠

溪水直直流
那流那緊
田嬰一陣一陣
綴咧飛

個（in）敢知影欲去佗？

啥物時陣佇溪邊
恬恬的水窟仔
兩隻田嬰做伙飛
金金仔相看
相揣若咧跳舞

按呢啊
是毋是就袂
予溪水焉走
就是永遠矣

2024/10/1　澀水步道

恬恬的橋

桃米溪勻勻仔
對我流過來
佇我面前轉斡

迒過溪的隱痀橋
猶佇遠遠的彼模
竹仔邊
哪毋做伙過來？

是咧等啥人？
拄行到橋邊彼个人
敢是伊？

2024/10/3　澀水步道

一張車票

桃米坑溪

綴溪水唎流的聲
溪坉一欉一欉
芒萁、蝶仔花
若水聲搖來搖去

田嬰一隻閣一隻
雄雄浮出來
毋過看袂著蝶仔

三、四隻田嬰
飛入去芒萁
飛出來雙雙對對
做伙飛、相䠡的田嬰
愈來愈濟
遐是按佗來？
敢是拆掉符仔的芒萁？

蝶仔花一直搖
是咧共

毋知佇佗的蝶仔？
抑是共我摸手？

2024/10/11　澀水步道
《臺江臺語文學》54期　2025/6

一張車票

斑鴿

咕咕咕
是啥物咧叫？
愈來愈近
是毋是斑鴿？

遮爾久才轉來
是去佗？

個飛落來窗仔口
連鞭飛起來
若雄雄拄著生份人

咕咕咕愈來愈遠
喃講，伊去佗？
哪猶毋轉來？

2024/11/8
《台文戰線》078期　2025/4

彼个人

我若開門出去
就會想著
路邊的田椪花

花開未?

花絮綴風飛起來未?

欲飛去佗?

今仔日雄雄想著
蹛佇田椪花附近
我的厝邊
彼个過身的老人

我煞想攏無
伊捌做過啥?

2024/11/9
《臺江臺語文學》53期　2025/3

一張車票

得救

遮暗矣
日頭斜西的時陣
無偌久
就攏落了了的花
猶有一蕊咧開

伊咧看啥貨?
想欲看日頭落山?

日頭予牆圍仔閘著
伊看無

天烏烏暗暗
伊瞄瞄(nih nih)看
猶閣想欲看夕陽

敢講若看著
就會得救?

2024/11/21
《台文戰線》078期　2025/4

輯二

彼扇門

為著看黃昏个日頭
我一直peh崎
看著天頂矣

我行倚路邊
跮踱

日頭光猶佇山陵
若欲打開
藏佇茫霧的門

樹櫟內有人
細聲祈禱：
予我若日頭入去
予我明仔載
若日頭閣再出世

門無開　日頭無去
伊吐大氣

一張車票

越頭相閃身
欲peh去山頂?

一蕊花神神看我

2024/12/11
《台文戰線》079期　2025/7

輯二

日鬚

佇山內面
peh 崎落崎
綴日鬚的跤步
那來那有向望

伊連鞭佇頭前
連鞭佇後壁
伊嘛咧綴日鬚?
伊無張持文文仔笑
佮我做伙行

「若到日頭蹛的所在
你欲留蹛遐?
抑是欲祈求啥物?」
伊金金看我

「我欲祈求日鬚
永遠蹛咱的世界」

一張車票

暗頭仔
阮猶是轉來城內
天頂烏黃
我煞毋知欲去佗?

街仔路的頂懸
一片鼓燈
是綴阮來的日鬠?
哪焐袂著街仔?

伊底時無去?

2025/1/1　彰化社頭
《臺江臺語文學》54期　2025/6

紅鷹

伊飛懸懸
恬恬浮佇遐
是咧揣啥物？

雄雄衝落去塗跤
那叫那緊
看著啥？
雄雄閣飛懸

頭越來越去
猶閣咧揣啥物？

那叫那細聲

雄雄欲飛去佗？
那飛那遠

另外一隻紅鷹
若箭飛過來

一張車票

那叫那逐伊
目nih仔毋知飛去佗矣

伊聽著啥物
飛轉來
天頂空闊闊

2025/1/28
《笠》368期　2025/8

刺球

一枝一枝的刺
利劍劍
咧阻擋啥物？

一蕊紅花
若像肉幼仔
當時浡出來？

刺球緊講
外口暗漠漠
毋通去

彼蕊花看外口
看甲䀟神
喃講伊欲焐開烏暗

註：刺球，仙人掌。

2005/2/8
《臺江臺語文學》54期　2025/6

一張車票

駁坎下跂

駁坎下跂
葉仔蔫去焦去矣
In nih-nih 仔看
Peh 上駁坎頂的
日頭光

一片葉仔
予微微仔風
吹起去駁坎
伊向望變做
春天的葉仔

伊敢是春天？
一遍一遍共葉仔
拈起來园佇
駁坎頂懸

葉仔緊共駁坎
扱牢牢　咧欲變做
春天的葉仔矣？

2025/2/23
《臺江臺語文學》55期　2025/8

一張車票

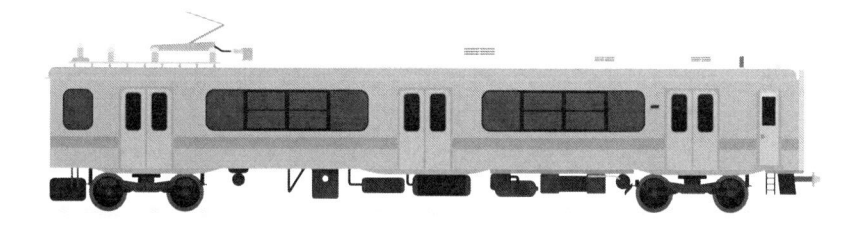

輯三

一張車票

花的惜別

佇三級警戒
毋敢出門的我
透早予微微仔風牽咧
行到結規球
毋展開的花莓下跤

「辜負你矣
阮毋敢開花」

是我參病毒來？

「是彼一人
閣新造病毒
欲予花穢來穢去
毋予花結果」

毋過為著我
個猶是開花
干焦一目𥍉仔
拄叫我緊走

金金仔看的我
就若落雨

予花埋咧的我
尾仔總算喘出一口氣
怦怦喘雄雄拍醒

今仔日閣有偌濟人
著災？
偌濟人若像花
落落去？

《台文戰線》066期　2022/4

一張車票

蔥頭

佇夢中有人大聲喝
會當一重一重
像擘蔥頭擘開家己

按呢會使得著啥？
我躊躇
雙手合齊擘開家己
我著一驚　噗噗跳的聲
愈來愈清楚
閣較倚近心矣

啊！會使揣著心
——我的本質？

門外口一陣人
共街仔路窒甲滿滿
綴政客
大小聲喝

我看著有人穿
我擘落來的彼重的我
綴一大陣人
連鞭進前連鞭退後
手攕懸懸
拳頭拇捏甲出汁
目睭褫大蕊若起狂

雄雄踅頭
橫霸霸睨我

一張車票

厝

雨那落那大
共花打甲
直直落

密牙牙的葉仔
圍甲若像厝
內面彼蕊花
笑文文當咧開

人的厝
敢無並樹葉較勇？
是按怎往過
白色恐怖時陣的臺灣
人袂當和彼蕊花
相比並

論真，是有一間厝
施儒珍
關伊達己的

彼間袂轉踅的
磚仔厝

《台文戰線》068期　2022/10

一張車票

亞里斯多德的鴨仔

亞里斯多德踮佇海垺
金金相按海底
掠起來的魚仔

伊慢慢仔了解矣
魚尾、魚岭、魚翼
毋是妝姃

伊嘛了解
水池仔內面
鴨仔明明咧徙振動
是按怎若像恬恬

毋過伊袂當了解
鴨仔是按怎
定定走向厝？

我細聲問伊
這敢有像

咱有一寡政客
不時走去中國？

伊雄雄越頭
踢著石頭跋倒
疼甲大聲喝：「尻脊後
哪無生目珠？」

《台文戰線》068期　2022/10

一張車票

Peh懸懸的人

天頂的彩霞
咧欲無去矣

愈peh愈緊
一目𥍉仔
peh上頂面的人
只要輕輕仔向懸跳
就會當跳上彩霞

為眾人控告
遐的惡魔
In發動戰爭
起狂侵略
想欲將別人當做奴隸

毋過peh上頂面的人
煞金金相塗跤
想欲聽清楚
惡魔欲予伊啥物？

彩霞又閣佇
恬恬吐大氣的時陣
雄雄無去

《臺江臺語文學》46期　2023/5

一張車票

予人關起來的詩

一陣稀微的詩人
恬恬行佇
樹仔跤的細條路
日頭光嘛
敹敹落落來

是按怎文學步道
欲關門？
「我想欲看我的詩啊」

一隻狗仔覆佇路邊
懶懶擇頭起來
閣覆落去

無張持
彼个女子閣來矣
「伊來的時陣
會記得共伊講
我閣佇伊的詩
等伊」

彼隻狗仔雄雄醒起來
看無彼陣詩人矣
彼个女子踅來踅去
幼聲輕輕吟伊彼首
關佇文學步道內面的詩

註:淡水和平公園滬尾藝文步道

一張車票

坦橫行

「是按怎無
坦橫行的鹿角龜?」

一陣人內面我攑頭看
鹿角龜佇樹身
直溜溜的溝仔底
沓沓仔爬

「是大自然神秘的安排」
志工家己問家己應
「若無,樹仔會徛黃」

坦橫行的鹿角龜
就按呢滅種?

按呢,坦橫行的人、國家
哪無滅了了?

「地球干焦一粒啊!」
毋知siáng吐大氣

《台文戰線》071期　2023/7

一張車票

搶劫春天

春天是啥人的?

俄羅斯的戰車
侵入宇克蘭
將春天的田
軋甲碎糊糊
為著欲搶奪春天

彼个人挼目睭
金金相
看按怎侵入
會當奪取台灣的春天

我經過春天的田
水鴨頭犁犁
綿爛啄
無張持若走若傱若飛
水一逝一逝跳起來
是佇走相逐?
抑是佇趕廟公?

一時仔伮就停睏
離遠遠徛咧
佗一隻
會當搶著春天？
規个捽去？

《台文戰線》071期　2023/7

一張車票

綴風飛

查囡仔咧哭
無查埔囡仔
願意守護伊

查埔囡仔
攑白旗出城
和圍城的敵人
談判做奴隸
猶有啥物權利？

佇城門頂懸
干焦踅來踅去的風
踮查囡仔的耳空邊
細聲講：「
我載妳去飛
去妳想欲去的所在」

查囡仔拭掉珠淚
跳出去共風揣咧

飛向查埔囡仔
想欲講再見囉

《臺江臺語文學》47期　2023/8

一張車票

布條

毋知佗來的囡仔
佇客廳耍布條仔
伊好玄纏來纏去
摸摸挕挕
擲向天
金金看布條仔
颺颺飛遨遨輾

我煞對布條遮頭
趨去另外彼頭
　袂當翻頭
目矖仔煞摔落去
烏烏暗暗一直落
欲落去佗？

囡仔閣扶布條仔起來
我看著地板
布條仔
落出來的毛幼仔
直直脹大

囡仔大聲笑
閣擲布條仔出去

我煞佇毛幼仔內面
綴風颺颺飛

《臺江臺語文學》47期　2023/8

一張車票

人

這擺
彼个弄尪仔的人
生狂摸線
傀儡尪仔就是
毋振動

摸摸搦搦
線煞攏斷去
傀儡尪仔
從向頭前仆落去

弄尪仔的人越頭
若童乩尪姨
咬牙齒根詛誓
閣去揣別仙傀儡尪仔

哎！弄尪仔的彼个
是人

覆佇塗跤的傀儡尪仔
雄雄徛起來
捏拳頭母目睭瞪大
從向彼个弄尪仔的

啊！伊是人

《台文戰線》072期　2023/9

一張車票

啥人咧揤電鈴

半暝雄雄醒過來
惦神惦神聽著
電鈴迫促響一聲

等閣欲睏去
雄雄閣響一聲

藍濫白的光
按門縫流入來
是啥人
楔入來一張紙？
電鈴一聲閣一聲
一睏仔就一大拖
流向我

我躘來躘去
才坐起來
才會當欶著氣

流向我的紙
若手機螢幕

一張頂面:「莫替美國仔做肉餅」
另外一張:「買武器
明明是咧唱聲大陸」

我拚性命欲挵掉
黏佇鼻仔的紙
「烏白刣退休金!買武器?為著欲食錢!」
「我干焦欲注BNT」

咧欲選總統矣?

一張一張
綴電鈴咧響
海湧嚓嚓趒傱過來
門外口是啥人?
我強欲予海湧絞去

一張車票

我雄雄想著
咧欲普渡矣

真正有鬼仔
真正放鬼出來

《台文戰線》072期　2023/9

弄尪仔的人

弄尪仔的人揣無柴尪仔
柴尪仔走無去矣?
弄尪仔的人
揹著一條索仔
心狂火著傱出去
看著人就
擲liú索欲掠人

人走閃、摸摸搦搦
扰索仔轉去
弄尪仔的人煞予
拍結毬的索仔纏牢咧

伊想欲躘出去
逐擺摸索仔
跤手就像柴尪仔
予人摸來摸去

圍咧鬥鬧熱的人
嘻嘻嘩嘩摸索仔

大聲喝:「柴尪仔!坐落來!
柴尪仔!跙起來!」

*《臺江臺語文學》*49期　2024/2

輯三

跐上頂懸的人

天頂的紅霞
咧欲無去矣

大步跐上
山頂的人
只要向懸跳
就會當跳起去紅霞

就會當為眾人控告
遐的妖魔
佢起狂發動戰爭
欲掠眾人做奴才

跐上頂懸的人
煞金金相塗跤
想欲聽捔的
遐的妖魔
會予伊啥物?

一張車票

晚霞又閣
若風微微仔怨嘆
連鞭攏無去

2022/9/23
《台文戰線》073期　2024/1

輯三

春天的田

春天的日頭
閣覕去雲的後壁

頂擺佇遠遠的所在
予戰爭跐踏甲
日頭揣無青翠的樹欉
嘛揣無人佇樹仔跤
戇戇咧看
發穎的樹椏

這擺是為著啥物？
獨裁者的戰機
定定來偷看
定定迫倚界線
若像春天的蟲
欲螻過來？
嘛有人若像春天的蟲
大細聲喝咻
是咧贊聲？

敢講日頭一睨起來
春天的蟲就寒甲
叫袂出聲?

日頭猶是擋袂牢
兩蕊目睭按雲縫
走出來看人
佇春天的田佈稻仔

日頭咧欲出來矣

透早
伊予手機仔吵精神
伊的好朋友　阿祺
大細聲叫伊
趕緊起來看
日頭咧欲出來矣

天頂予烏雲閘牢咧
干焦賰中央一空
日頭咧欲按
下跤的雲內面跳出來
日頭光黕過雲
霧進去中央彼空
沓沓仔渼入去
頂懸的雲

伊一遍閣一遍挼目睭
猶是看著阿祺為橫的
那助選那騪人縫
行向伊

一張車票

「干焦橫的
來我辦的活動
猶閣捏水、拭面紙佮紙扇來」

伊對手機大聲喝
「你哪猶會當遮興
遮歡喜
你佣的委員
昨昏佇議會
共咱的未來搶去矣」

阿祺一直喃講
「袂啦！伊保證我……
我嘛有共伊講著……你」

高麗菜飯

一、

伊鼻著高麗菜飯的芳味
伊愩永恒佮靈魂

永恒佮靈魂敢做伙存在?
才會有嬌的物件

伊做囡仔的時陣
一切攏是嬌
他笑哈哈佇門口埕走相逐
媽媽行出門口叫伊

二、

「媽媽!阿弟足癩哥!偷食我的飯!」

「伊較嬌!伊食賰的你嘛會使食」

一張車票

伊驚一趒,強欲哭出聲　為著伊穗

伊懷疑伊無靈魂

阿真親像天使走人去花欉
越頭文文仔笑:「人攏有靈魂」

三、

伊老爸雄雄死去
媽媽起狂敲電話揣伊
「恁阿姨佮恁外媽拄落葬
叫伊掠恁老父去　伊定定罵我」
彼時陣伊老爸和伊咧掖花
伊媽媽和阿姨佇墓前毋知講咧啥

有靈魂?真正掠伊老爸去
無靈魂?才會當按呢咒誓

四、

阿真按灶跤出來
「你看！我煮高麗菜飯喔！」

「媽媽講我免轉去
共錢匯去就好」

他聞著高麗菜飯
感覺靈魂綴芳味
颺來颺去　若有若無

2024/7/30

一張車票

透早的祈禱

聽著有人咧祈禱
我神神起床
行到窗仔口

暗紺色的天
彩雲一逝一逝
按黃-gìm-gìm的光
趨趨飛去天頂

田裡
毋知是啥人
若吐大氣也若呵咾

「希望永遠
像這馬遮爾嬌」

田裡明明無人
敢會是天使？
直直看出日頭
直直祈禱

我金金相
天使覕佇佗？
啥人一直踅踅唸？

是我？
我底時嘛咧祈禱？

《臺江臺語文學》51期　2024/8

一張車票

我是啥人

西爿低低的山脈
一陣陣烏雲飛過去

我閣徛佇水田邊
戇戇仔看山
搖來搖去的水影
佮恬恬無振動的山

雄雄想欲叫山的名
我佇手機仔
揣規半工才揣著
我輕聲叫
山的名

烏雲想欲創啥？
煞變做若像山
佔一大爿天
嘛搖出個的水影

個瞱瞱看
幼聲問我
「我咧？我叫做啥？
我是啥人？」

我毋知欲按怎揣
目一瞱個消蝕、變形

《台文戰線》076期　2024/10

一張車票

戰爭

欲暗仔暗殕殕
我佇溝仔垺
看著天頂的月娘
煞祈禱
緊叫佇遠兜的人
莫相戰矣

毋知彼是啥人
叫我證明
月球毋是人

講啥物嘛
笑我無代誌做？

「你若有才調說服我
我就實現你的願望」

「見若是人
就會驚惶

就有征服的慾望
就會怨慼

佇天頂的月球
若是人
看著水內面的月球
為著統一
定著會發動戰爭

毋過月球干焦
恬恬看」

我拄欲講出願望
彼个人喘一口氣，講
「按呢，欲按怎停止相戰
你都攏捌矣」

《台文戰線》076期　2024/10

一張車票

閣活

日頭予樹仔閘一片
樹仔跤
古早的日本宿舍
半醒半睏

伊看著啥物？
一聲閣一聲咧叫

毋是叫我
是咧叫往過
蹛遮的人
尾仔轉來矣？
攏閣活起來矣？

我好玄行倚
風咧吹葉仔咧搖

      2024/10/19　民雄古早日本宿舍
      《台文戰線》079期　2025/7

欲暗矣

日頭光趨趨炤入來
彼个金金相電腦的老婦人人
雄雄大聲笑:「啥物先輩
嘛著看我是毋是欲用in的稿」

伊行入去霧霧的日鬚
雙手直直攑懸

伊徛佇台仔跤若咧行禮
伊緊共手夗轉來

台仔頂彼个老歲仔是啥人?
對台仔跤kheh做伙的人
那講啥物是好詩、那唸詩
伊衝去台仔頂,揀走彼个人
台仔跤的人大聲噓伊落來

mài-kù若燒甲紅記記的鐵仔
伊猶是搦牢牢

伊若破雞筅,喝:「社長是我揀的
刊物是我揣錢印的,若欲講詩……」
伊紲落唸伊家己的詩
倒佇伊跤邊的老歲仔
疼甲面青恂恂,攑頭看伊
哪變做少年的伊

人那罵那行出去
伊對mài-kù喝
　毋管少年的伊
　予人噓落台,勼做一丸咧哭
撫伊手內面的刊物
「莫走!看我編的刊物!」
伊的聲軟荍荍落佇台仔跤

伊閣較大聲喝,大力撫刊物
「恁看!我共反抗我的柴尪仔
佇遮、佇遮攏挵斷去矣!」

人攏走了了
伊踢走摸伊褲跤
彼个少年的家己
呸喙瀾,罵:「哪毋去死!」
對走出去的人,喝,「轉來!」

mài-kù若燒甲紅記記的鐵仔
伊猶是搦牢牢

伊雄雄抑桌仔徛起來
「哪遮暗?我摸柴尪仔的線咧?」
伊佇一疊一疊的刊物
僥來僥去,「揣著矣!」
伊一面雙手若咧摸柴尪仔
一面大細聲喝:「恁啊!
早慢會變做我弄的柴尪仔!」

註:mài-kù:麥克風。

一張車票

乞食

春天的日頭佇
細葉欖仁樹的幼穎
一直欲曝落來

我nih-nih看
日鬚若像手
欲摸我的面
遮就是咱的世界

啥人大細聲罵
「乞食！lin遮的乞食
阮予lin遮濟
Lin猶毋知感謝？
阮清彩就共lin揬死」

彼个人笑哈哈
一邊算抖內
一邊罵咱
兩隻手那撲

閣毋知
那咧共啥人磕頭

2025/3/20
《台文戰線》079期　2025/7

一張車票

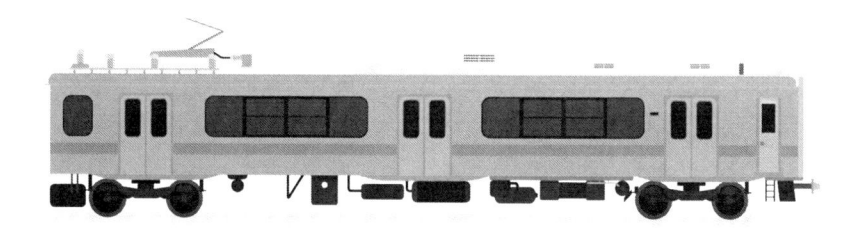

輯四

一張車票

災瘟的戰爭

是戰鬥飛行機？
佇頭殼頂
一隻一隻咻咻叫
飛向海

病毒閣來矣？

佇冊桌前的我
雄雄行向
暗閣深的走廊

是爸爸的聲
「卡桑，妳按怎欲
掀開防空壕？」

「水桶！予我！
趕緊舀水出來
按呢囝孫
才有所在覕

……飛行機直直來
啥人會知佗一工爆擊」

「袂啦!」
阿爸吐大氣

「咱隔壁講
香港閣佇抓人
去矣!咧欲變做中國矣!」

走廊尾仔是
細漢時陣阮兜後壁
阿爸、阿媽
一目瞤仔是以前的款
一目瞤仔是
搖來搖去的水影

我走向佇
佇著急大細聲喝
「你哪無掛喙罨?」

一張車票

跍落去
飛行機佇掃射矣」

戰機咻咻吼
相逐相纏
我雄狂拚性命走
想欲傱入去防空壕

《臺江臺語文學》40期　2021/11

輯四

魔鬼的聲

一、

彼陣伊咧揣
星發出來的電波
　親像往過無變化
無疑悟雄雄嚓嚓趒

伊剪彼節落來分析比較
毋知樣是啥物

伊一再看電波的形體
明明有藏物件，毋過讀無
伊佇電腦頭前踅來踅去

伊雄雄想著
彼件上機密的錄影

一張車票

二、

是普丁佇祈禱的主教面前
喙恬恬毋知哺啥物

怪聲雄雄出現
哪和伊掠著的
彼段電波遐仝?
伊擎一趒咖啡煞泏出來

普丁若親像佇偷笑
走入去空lo-lo的走廊

普丁的尻脊後
無張持有壓低的聲
敢是閣活節的祈禱?

伊趕緊共伊彼段電波
降低噪音紲落放大
竟然仝款

輯四

三、

提供錄影的人
凡勢起痟矣
直直喝:「魔鬼的聲」

伊想講,攏是上帝創造的
人和魔鬼敢是
捌講仝款的話?

伊試咧用古語來翻
一擺閣一擺攏翻袂出來
一直到拉丁語
伊著驚流清汗un佇椅仔

四、

頭一段:「我獨獨揀你
你才是這個世界的主宰

一張車票

我和撒旦飛彈相佮」

後一段:「閣一个戇人!
盡量刣!盡量毀掉上帝創造的
伊愈傷心我愈歡喜!」

五、

我驚一趒,想欲閣聽一遍
嘛煞揣無彼件錄影

我生狂敲手機仔予伊

伊擋袂牢大聲笑
「弟!我有看矣
你哪會有彼?」

輯四

疕

一、

感覺天地搉甲轉踅
我閣予人倒吊起來刑
「我哪有開會
干焦佮朋友食飯、開講啦」
我憤怒的喝聲愈颺颺飛
啥人共房間拗甲
愈變形、彎曲、塌落來
咧欲共憤怒的我拆食落腹

阿母閣佇門跤口行來行去
「有人看著阮阿吉仔無？」
聲音摸長長毋過毋捌行向我
伊擲柴屐、杯仔
大聲罵管區警察

一張車票

二、

我落落去眠床　若葉仔蔫去
刑求揬的傷閣若火咧燒
按怎是我？拄行入去學校
彼身光頭尪仔就掠我金金看
我規氣走轉去挖竹筍

有人共我影一下，笑哈哈行過來
目一䀹煞予人摸牢咧
「毋通倩彼个匪類！伊造反！」

我跙落去，摸著石頭就挖
若親像佇故鄉挖竹筍

三、

日頭光閣再停佇眠床前
是按怎干焦我佇烏暗內？

阿母猶佇門跤口行來行去
誓誓唸:「做兵哪做遮久」
阿兄喝講:「阿吉佇房間啦」
伊袂堪得煩摔門出去,阿母細聲哭
講:「彼毋是阿吉!彼个人橫霸霸」

四、

我規身軀傷閣疼起來
親像咧予籐條捽

我呼請神,上無莫予我會疼

「你的神無愛插你矣!
跪咧求我啦!我才是你的神!
你吸收幾个?計謀啥物?
予我in的名姓,你就袂疼!」

我若摸著彼兩个人的傷
「饒赦我！恁這馬猶咧疼，我知影！」

五、

天若欲光矣，伊行倚近我
伸手勻勻仔摸我的傷
「你看！你和我有仝款的記號」
我看見伊予釘仔釘過的手底

「恁遐的著傷、被害的人出來
予人若看著我的疵」
光一束一束按天頂飛向伊
伊規身軀發光
「你毋通閣再驚惶」

伊對我文文仔笑
慢慢行向外口
我佇伊後壁下性命逐

「阿吉仔！你終其尾轉來矣
啥人共你拍甲按呢？」
阿母目屎潽潽滴
勻勻仔摸我的傷
日頭光雄雄炤著我
我突然醒過來
大聲叫：「阿母！妳認出是我矣！
我袂閣予in掠去矣！」

《臺江臺語文學》44期　2022/11

一張車票

日誌簿仔

一、

倒佇病床的阿屏
若沙崙咧欲予風吹散去

「多謝你……無扶恨，來看我」
伊手呸呸掣，指桌頂

我掀開彼本日誌簿仔

大學時陣留長頭毛的阿屏
那偷偷捅黨外雜誌予我
那看予風吹甲咧搖的窗仔
「藏予好，無人的時陣才看」
我僥疑伊哪著揀我緊走

「今仔日，教官問我黨外雜誌
奇怪！袂使看？奇怪！伊哪會知？」

輯四

「今仔日,閣予教官攄去問
伊哪知我佇寢室內和阿義
相諍民主是按怎有
抓耙仔黨禁報禁
阿義堅持民族的光榮佮反共產
在場的同學竟然毋知影禁啥
教官連這嘛知」

「閣予教官叫去問,才咧想欲
約異議人士來演講
干焦仝寢室的佮姓郭的同學
無別人知影啊」

一蕊花按花矸
落落佇桌頂
我若又閣聽著
阿義大聲喝
「為民族的光榮犧牲」

一張車票

二、

阿屏雄雄狂狂行入來宿舍
青恂恂的日光燈照著
伊驚惶厭瘖的面容

我遠遠叫伊,歡歡喜喜走過去
伊若毋捌我
那行那接我欲還伊的雜誌

「後擺莫閣來借矣!⋯⋯上好離我較遠咧」
我面對伊咧欲予烏影吞落去的尻脊後
大聲喝:「是按怎啦?我佗得失你?」

「今仔日,教官嘛揣阿段去
敢是我害的?我欲按怎才好?」

阿屏揿門強欲坐起來
「外口是啥人?敢是阿段來矣?」

三、

我踅過公園的草仔埔
阿義頭頕頕坐佇輪椅

阿屏教我看日誌尾仔
「去申請看監視報告
若像有兩个抓耙仔,阿義佮郭仔?
我挩開衫仔櫥的時陣
阿段咇咇掣覕佇內面個流清汗
我氣怫怫撟恐怖統治袂久長」

阿義戀戀毋知咧想啥?
雄雄歹聲嗽講
「教官哪會揣阿屏?這免問我
咱教官攏誠優秀,哪會共阿屏按怎?
彼个時代啥人無予頂懸監視?
讀大學進前,我就知影調查局
早就將我查甲厝反過」

一張車票

「聽講阿段猶佇惡夢內面
阿屏病甲真傷重,伊想欲揣阿段」

阿義面清清,「阿屏病甲烏白想」

伊雄雄吐大氣,若像是犧牲?
「為著民族大義我甘願」

我無愛閣講矣,越頭大細伐行
阿義雄雄面青恂恂,大聲喝
「阮太祖是清朝御史
百年來我上敬佩的習大大
唯一尊敬,為伊起紀念館
你是啥物蕃?靠啥物
敢問我恁毋捌的大代誌?」

阿義面變形頭毛蓬蓬飛
我走向風吹飛懸懸的草仔埔

日頭落去佗？
風吹親像頭越來越去
那揣日頭那落落去

《台文戰線》069期　2023/1

一張車票

底時照著我

一、

我的天使
予一陣人圍咧
那唱聖歌
那徙向教堂外口

我雙手揖伊
為我寫的專書
待佇
lò-lò長的巷路

伊雄雄按我
尻脊後走過來
閣強欲挾過去？
這擺，我欲共伊鬧起來

二、

「敢有女同學，彼時陣
就愛著你……你的詩？」

我寫的詩若西北雨
塗跤落袂澹
雯，往過的女同學
竟然講欲研究
「你逐首詩
逐本詩集我攏讀過」

黃昏的日頭
照入來走廊尾溜
毋過一直毋過來
「無！無！」
干焦予人討厭爾爾
雯這馬是文學院老師
睨喙金金看我
目睭若含著一重水

一張車票

三、

國中二年彼時的黃昏
日頭會按走廊尾溜
慢慢仔走入來

我那款桌頂的冊
那看走廊
看教室後面
老師貼佇壁
我的詩，微微仔掣
孤孤單單咧等啥物？

日頭照著門矣
伊，聽講叫做慧
佮一陣同學行過來
踏著金熠熠的地板

四、

「喔?是按呢」雯文文仔笑
「敢毋是有女同學
放學了後掩掩揜揜
去看你的詩?
尾仔閣予人偷提去?」

慧行入去黃昏个日頭光
我行倚門口煞並佇門
有一个戀戀咧
看我的詩的女同學
著一驚　頭頕頕
按我身軀邊映過去

一張車票

五、

咧欲到走廊尾溜
地板的日頭光若像水
雯雄雄踅頭行倚我
「想著一个問題
你遐野百合的詩
若一陣一陣茫霧的女子
是啥人？……伊哪會知影
黑衣人偷偷仔倚近你
緊來叫你醒khí-lâi」

「是……是創造的……」
彼時陣透早
雯毋知影按佗
毋知影按怎
對人窒甲滇滇的大埕揣著我

伊提早頓佇貓霧光行向我
我神神掠做是，慧

黃昏的日頭光內面
踅頭行過來
我頕頭去接
伊煞若天使飛無去

六、

毋知過偌久我閣寫詩矣
　　咧整理實驗結果的時陣

雯提伊寫我的專書來
咿咿唔唔共冊掀開閣合起來

掠我金金看
「這是頭一本,你毋通閣停落來」

我佮伊行到走廊尾溜
戀戀看伊,頭毛若溪水

一張車票

染著黃昏的日頭光
伊那走那遠

彼本冊雄雄落
一張點甲黃黃的紙出來
是彼首詩

我下性命逐

七、

我走出走廊
雯咧吟唱啥？
若風輕輕咧踅
「啥物時陣
佇我頭毛的日頭光
會照著你？」

我徛佇教堂門跤口
啥人走過來?欲挶過去?
我伸手去闓

雯若微微仔風騠過去
越頭對我文文仔笑
我走向前欲摸
若風的伊

溫柔的日頭光
輕輕摸我的面
伊煞無去
伊原底是光?

《台文戰線》070期　2023/3

一張車票

布袋戲尪仔

一、

拄仔我若像盹龜
訪問我的少年人
已經越頭去看
稻埕內面
一陣吱吱喳喳
毋知佇逐啥物的粟鳥仔

春天猶小可寒的風
咧創治我？躼入去
我愈來愈樕的白頭毛
頭拄仔我講到佗？

……彼陣有一工，阮，國小學生
揣無教室內的桌仔椅仔
中國兵仔滿滿是
將桌仔椅仔、圖書館的冊
烏白擲佇走廊外口
大聲喝，日本書攏燒燒掉

教室佮欲蹛
攑銃大聲趕阮走

二、

大兄按台北轉來了後
共多桑細聲講,中國兵仔
向過路人烏白開銃
多桑雄雄共門閂起來

彼日欲暗仔
一寡少年人揣大兄
欲去佮市長理論
我偷偷綴

「你無予個發覺?你嘛有去市長遐?」
少年人金閣幼的面淡薄仔紅起來

一張車票

彎彎斡斡的街仔,風颼來颼去
我綴傷近煞予個發覺
到市長徛家,個猶咧參詳欲按怎?
這馬我猶鼻著個的臭汗酸

我袂記得今啥物時陣?
我是按怎矣?
廟埕內,電火若花大開
我凡勢予人挾去後台
看著一肢閣一肢的手
佇弄布袋戲尪仔

三、

少年人躘跤尾行向稻埕
掖餅幼仔誕粟鳥仔
一目䁁鳥仔飛過來搶

我親像閣盹龜?睏偌久矣?
我毋知影我佇佗
一堆布袋戲尪仔內面,大兄咧僥啥
跙跙唸,弄尪仔的手藏去佗?
個哪相信會當講和?

大兄雄雄變成布袋戲尪仔
雄雄變轉來

大兄彼陣人和圍牆內面的
中國兵仔那開銃那喝
個目睭攏展大
敢猶有家己自由的靈魂?

個雄雄像吊起來的布袋戲尪仔
掠我金金看

一張車票

我參A.I.

一、

我佮瑩予人雄雄
揀入去烏烏暗暗
無人的房間
捆綁阮的束帶溜落去
拄磕著塗跤就無去

瑩恬恬看我
珠淚咧欲滴落來

這上蓋真實
若幾若個月前　我雄雄睏醒
神神若睏規百年
瑩跤步聲兇狂踅來踅去
「你醒矣?!你佗毋拄好？」

頭殼內伊的形影
自小學以來　真實甲會當摸著
我看著我　一手牽伊

一手提璇石手指
我哪會看著我文文仔笑

阮後壁的烏影
有時變甲若像人
強欲拄著禮堂的天篷
頭頕頕　金金看阮

二、

「你無應該會當看著我
無應該四界探聽」
彼个人雄雄出現　若烏影
浸佇颺來颺去的光
伊一直閃　一直覘入去
烏烏暗暗的雺霧內面
覆咧看我
瑩共我手摸牢牢，「遮敢是眠夢？」

一張車票

「伊是黃董仔！」我雄雄想著
我替伊共人佮A. I.濫做伙

伊身軀若山，向落來
我連連倒退

「我是神　我創造你
予你永遠活咧
論真講我較贏過神」

「你反背你的咒誓！」
彼陣伊共我的手搦牢牢
「做你想欲做的！
干焦研究絕對袂製造」

「我共siáng咒誓
我就是神！何況
是咒誓你袂去製造
今你就死矣！無準算矣！」

「是我!你才會當閣活過來!」
伊雄雄細聲喃講
「是你毋著!你共人留蹛A.I.內面!」

三、

伊講話的聲浮浮
瑩緊倚過來,「伊想欲按怎?」

關甲死　佇烏暗的籠仔內
若伊彼陣下性命咒誓
我那硞那摸四面壁
金滑閣實腹
我佮瑩的璇石手指
若兩粒星

我雄雄看著瑩咧哭
伊共啥人插起來?

一張車票

彼个頓落塗跤
強欲死去的人是我？

我佮瑩綴一陣人
覗佇暗鬖的樹林
彼陣人無張持兇狂亂傱
我烏暗眩蟡落去　死去
是黃董仔對我下毒手？
伊面青恂恂看瑩插我起來
有人共我揹起來
一擺閣一擺挕走瑩　瑩直直綴

我毋是死矣？哪會雄雄精神？
黃董仔咧想啥？
伊定定講，原來做神遮稀微

我佮瑩欲按怎
髏出去無縫的壁？

阮的璇石手指
若兩粒相趔的星

《台文戰線》074期　2024/4

一張車票

一張車票

一、

張仔留予我一本遛皮的簿仔
一張點著汗的車票做手尾
我憢疑迷亂掀開簿仔

幾若年前,伊兇兇狂狂
走入去車頭
硬衝入去拄欲開的火車

行出故鄉的車頭,伊愣去
大埕幾个學生毋知對
有時仔行過的人喝啥

伊跙神跙神行入去公園
樹仔影若水影搖來搖去
伊佇彼个水池仔邊跙來跙去
哪無人佇划船?

「我是按怎會來遮？
為陳澄波畫的水池仔？」
伊的水影若親像欲應伊啥

二、

伊神神行轉去中央噴水池
紅記記的日頭光䁸過若窗仔簾的水
學生大聲喝：「是按怎放兵仔刣人？」

噴佇學生的身軀的水若血
伊兇狂亂走，煞從入去一間廳堂

彼是陳澄波？徛起來殘殘講
「我去！我相信祖國
若沓沓仔講一定無代誌」眾人拍噗仔
笑出聲，喝講，「我嘛欲！」

一張車票

張仔雄雄才知伊是按怎會來遮
伊直直頓桌仔,大聲喝,毋通去
「佝會共恁押起來!綁去銃殺!」

陳澄波掠伊金金看　拄欲講話
一陣人挾陳澄波行出去

張仔一陣烏暗眩,聽著銃聲緊走出去
伊看著佝愈行愈遠的背影
雄雄佮佝予人綁咧踅街相疊
嘛佮佝跪佇車頭前大埕相疊

噴水池霧血出來?
若西北雨潑向佝

三、

是張仔的眠夢?毋過我猶是相信伊
定定戀戀看彼張車票

定定坐車轉去想欲改變過去
若陳澄波個莫去講和
曹族勇士是不是就袂抽退？
是不是現代嘛會綴咧改變？

干焦有一擺火車
無張持兇狂踏擋仔
吱吱叫停佇闊莽莽的田園
我坐四正的時
人穿的衫煞變甲崧闊漚
亂喝亂咻頭殼揈咧跕落去

外口公路毋知佗來的兵仔
佇卡車頂懸對甘蔗園開銃
密密密的甘蔗園
三不五時有囡仔傱出來
無張無持唉一聲倒摔向
我大聲喝退的兵仔毋過喝袂出聲

一張車票

火車底時閣順順咧行？
無人按田內面走出來

我手液涔涔流　車票捏牢牢
人的穿插底時閣著時矣
綴車廂輕輕咧搖
欲按怎才會當轉去彼時陣？

《臺江臺語文學》50期　2024/5

伊咧揣啥

一、

拄落車阿清雄雄爍爍顫
予人挨甲敨來敨去
強強欲跋倒
我共伊插咧

寢行出捷運站
伊踅踅唸:「遮是佗?」

伊蹓來蹓去
欲走入去細條巷仔覕
目睭仁硞硞輾　叫我緊走
「個閣欲來掠我矣」
伊閣摸我斡入去別條巷仔

一張車票

二、

伊覕佇壁角喘大氣
「我喙掩牢咧　毋敢哭出聲
跍佇暗摸摸的壁角　直直想
是按怎拄才笑哈哈、攕旗仔
佇大通等祖國軍隊
目一𥍉　笑聲煞變成
毋敢出聲的吐大氣
蜘蛛定定佇米甕牽絲」

「政府是為啥存在？
是按怎按呢凌勒百姓？」

「我揣無路　枵甲起畏寒
神神若接著阿姐予我的便當
佇天篷頂大小喙兕狂食
日鬚若水影咧搖
阿姐文文仔笑」

180

三、

「我細聲叫阿姐免煩惱
我欲去祖國討救兵
仝一國閣有仝款主張
佝會共咱鬥相共」

「阿姐干焦微微仔笑　插我起來
我講甲心臟咇噗惝：
艱苦作穡的人才是主人！
咱毋是生產的工具！」

「毋知底時阿姐無去矣
日鬢若像細聲咧講：
我會陪你去揣你向望的國
彼个國媠甲若上帝的國」

一張車票

四、

伊急甲面紅起來　共我摸咧
「林桑！多謝你借我錢！
……個有揣你麻煩無？啊！緊咧！
緊綴牢彼蕊大開、光炎炎的日鬚
彼是阮阿姐求來的神」

「啥是林桑？我？」我提手機仔搜揣資料
土改、三反、五反、文革，到六四到……
伊的面青恂恂，吞吞吐吐
「這馬是二十一世紀矣？
哪轉去一世人做皇帝?!」

「你講的祖國毋是你向望的國！
你看！89年逿佇天安門的大學生
佮你同款是為著民主！」

伊忍咧無哭出聲　珠淚滴袂離
欲喝煞若嚨喉哽著：「哪會按呢!？

袂使!神講綴伊行就會當得著
⋯⋯我的阿姐咧?」
伊哭出聲　捶心肝摸頭毛

伊雄雄喝一聲　阿清目瞤仁反白
規身軀呹呹掣　終其尾軟膏膏un落去
伊,一模烏影?從出阿清的身軀
跪落塗跤雙手攑向天
毋知生狂咧求啥

伊徛起來　欲笑閣若欲哭
徛袂好勢閣欲行落去
我趕緊伸手欲共伊閘咧:「你猶欲去揣?」

伊軁過我的手縫
伊敢是失蹤的受難者,施至成
伊愈來愈霧　猶一直越頭
愈行愈遠若流浪的亡魂
我毋知伊會當去佗?
我大聲喝:「遮才是你咧揣的!」

阿清無張持跙起來,嚷講:「欱赴上班矣!緊咧!」

2024/5/8

《台文戰線》077期　2025/1

大地動

大地動幾若冬了後
伊才閣去跕山

伊繩仔摸咧
按山崁面向山壁
揣跤會當踏的所在
一步一步落去

落來山崁無偌久
伊的同伴佇頭前
大細聲喝:「草埔!
闊莽莽的草埔!」

伊拄欲落揹仔
倒落去草埔仔挕跋反
同伴閣大聲喝
「山陵有一陣鹿仔!」

伊趕緊共揹仔
揹起來

一張車票

鹿仔一隻綴一隻
寬寬仔行向白石池

「彼个王橫霸霸
硬用攐手通過的高速公路
欲共中央山脈貫迵過
敢會挖對遮來?!」

鹿仔無張持
規陣起跤走
伊感覺塗跤開始咧搖
愈幌愈大下

同伴連鞭敥東
連鞭敥西
有人喝講：「喔——！
鹿仔哪遮厲害？」

伊徛袂在矣
趕緊跑落去

大聲喝:「地動!
遮!遮!是地動!」

「緊走!綴鹿仔走!」
有人那喝那揀伊
伊聽著塗跤嗚嗚叫
「彼爿山,塗跤必開矣!」
塗粉颺颺飛
一直傱過來

《臺江臺語文學》51期　2024/8

一張車票

隘勇

伊佇樹林內面
毋知咧揣啥人？
若像綴風的叫聲

尾仔
伊嘛行出樹林
大聲叫我
「我是看守
番界坮的兵仔
你欲去佗？」

我看著一个古早人
歡喜甲笑哈哈

一陣風透甲我徛袂牢

頭前彼个查某囡仔
笑文文咧等伊？
伊走倚去

咧欲倚近彼个人矣
伊雄雄無去
彼个查某囡仔
那越頭揣
那像慢慢仔溶去

2024/12/16
《台文戰線》078期　2025/4

一張車票

騙人的春天

窗仔外口的葉仔
輕輕咧講啥物?

伊毋知影家己咧喃講
「是春天!落雨矣!
春天袂騙人!」

媽媽若往過
清彩應講
「加疊一領!
春天後母面!」

少年時陣的伊
咧看微微仔風吹著
溝仔墘的柳樹
挂發穎的樹椏
佮趕路的中學生

老師細聲講
「會騙人!

彼年春天誠濟人
予in那騙講欲講和
那銃殺去講和的代表」

伊徛起來大聲講
「遐毋是春天
遐是人」

雨輕輕仔挵窗仔
若像春天咧應伊

2025/2/2
《台文戰線》078期2025/4

一張車票

跤跡

佇十八斡古道
揣冊講的
擔鹽的古蹟

看著路邊
一陣紫色的蝶仔
飛來飛去
我緊走倚去

啊!是日本時代
才生湠的蝶仔草
佇風中輕輕仔搖
有一條細條溪
淺淺的水
毋知欲流去佗?

擔鹽的工人
來遮揣水
有落啥物落來無?

In 應該無看著
蝶仔草乎?

In 留啥物落來?
竹仔林雄雄
大聲咧講啥物?
敢咧問我
「會有人揣著
你今仔日
來遮的跤跡?」

2025/2/27
《臺江臺語文學》55期　2025/8

一張車票

語言文學類　PG3179　秀詩人128

一張車票

作　　　者 / 陳明克
責 任 編 輯 / 吳霽恆
圖 文 排 版 / 陳彥妏
封 面 設 計 / 嚴若綾
內 頁 圖 示 / freepik.com

出版策劃 / 秀威資訊科技股份有限公司
法律顧問 / 毛國樑　律師
製作發行 / 秀威資訊科技股份有限公司
　　　　　114台北市內湖區瑞光路76巷65號1樓
　　　　　電話：+886-2-2796-3638　傳真：+886-2-2796-1377
　　　　　http://www.showwe.com.tw
劃撥帳號 / 19563868　戶名：秀威資訊科技股份有限公司
　　　　　讀者服務信箱：service@showwe.com.tw
展售門市 / 國家書店（松江門市）
　　　　　104台北市中山區松江路209號1樓
　　　　　電話：+886-2-2518-0207　傳真：+886-2-2518-0778
網路訂購 / 秀威網路書店：https://store.showwe.tw
　　　　　國家網路書店：https://www.govbooks.com.tw
經　　銷 / 聯合發行股份有限公司
　　　　　231新北市新店區寶橋路235巷6弄6號4F
　　　　　電話：+886-2-2917-8022　傳真：+886-2-2915-6275

2025年8月　BOD一版
定價：300元
版權所有　翻印必究
本書如有缺頁、破損或裝訂錯誤，請寄回更換

Copyright©2025 by Showwe Information Co., Ltd.
Printed in Taiwan
All Rights Reserved

讀者回函卡

國家圖書館出版品預行編目

一張車票 / 陳明克著. -- 一版. -- 臺北市：秀威資訊科技股份有限公司, 2025.08
　　面；　公分. -- (語言文學類；PG3179)(秀詩人；128)
　BOD版
　ISBN 978-626-7511-98-5(平裝)

863.51　　　　　　　　　　　　114008164